22285

PARIS

EN JUILLET 1830,

OU

La Conquête de la Liberté,

POËME.

Par L. L. Fiévet,

DE VERSAILLES.

Prix : 50 cent.

PARIS,

IMPRIMERIE DE DECOURCHANT,

RUE D'ERFURTH, Nº I.

1833

PARIS EN JUILLET 1830,

ou

La Conquête de la Liberté.

———

Du soleil de juillet les rayons éclatans
Répandaient sur Paris leur brûlante lumière :
Le vieux Charles sentait, sous ses feux pénétrans,
Se ranimer encor les traits de sa colère :
« Français, s'écriait-il, peuple indocile et vain,
» Je veux courber ton front sous mon sceptre divin !
» Quoi ! des fils de Clovis le royal héritage
» Ne serait pour ton roi qu'un indigne esclavage !
» Sur ma tête blanchie en vain l'huile des rois
» Naguère aurait coulé pour consacrer mes droits !
» Non, non ; car le Seigneur, du haut du ciel, me crie :
« Charles, de tes sujets dompte l'orgueil impie ! »
Il dit, et dans Paris une sourde rumeur,
Semblable au bruit des flots battus par la tempête,
Prédit au roi dévot que du peuple vengeur
Le glaive est suspendu sur sa coupable tête.

Cette vieille cité, du monde l'ornement,
D'une Charte en lambeaux, par son sang arrosée,

Disputait les débris au monarque imprudent
Qui des Français alors guidait la destinée.
Aspirant au repos, le vaisseau de l'Etat,
Si long-temps tourmenté, mais sauvé des naufrages,
Dans les stupides mains de ce vieux potentat,
Se voyait menacé par de nouveaux orages.
D'un peuple généreux méconnaissant les droits,
Charles, dans tous les temps, fauteur du despotisme,
Méditant le projet d'anéantir les lois,
Prétendait chez les Francs établir l'ilotisme!

Dans Paris cependant, avec rapidité,
La Presse, à l'œil perçant, sentinelle attentive,
Ferme soutien du peuple et de la liberté,
Fait entendre sa voix menaçante et plaintive :
« Parisiens, dit-elle, au mépris du serment,
» Sur le pacte sacré scellé de votre sang
» Un monarque insensé porte une main hardie :
» De la fidélité lui-même il vous délie!
» A la face du Ciel, de ce Dieu juste et bon,
» Qui fait trembler les rois, qui hait la trahison,
» Protestez, réclamez, et, s'il est nécessaire,
» Foudroyez ce nouveau Charles le Téméraire.
» Peuples! souffrirez-vous aujourd'hui que les rois
» Seuls de tous les mortels s'affranchissent des lois,
» Et que, du droit divin réveillant la chimère,
» Ils usurpent du ciel leur pouvoir sur la terre?
» Non!.. Mais vous vous taisez.. Ah! soit : je vous comprends.
» L'Etat compte sur vous : partez, il en est temps.
» A cet air résigné, à ce morne silence,

» Qui ne reconnaîtrait les enfans de la France ?
» Vous allez mourir ! oui, mais pour la liberté !
» Vos noms retentiront dans la postérité,
» Avec orgueil vos fils rediront votre gloire,
» Et vos faits éclatans embelliront l'histoire. »
Elle dit, et soudain, par des chemins divers,
Loin des murs de Paris par son zèle emportée,
Elle court délivrer les peuples de leurs fers,
Et du joug des tyrans affranchir la pensée.

De Charles cependant les bataillons nombreux,
Aveugles instrumens d'une rage insensée,
S'élancent dans Paris, poussent des cris affreux,
Et jurent de servir une cause abhorrée.
Cédant à son destin, un illustre guerrier,
Qu'enchaîne du vieux roi la faveur infidèle,
Soutient de sa valeur leur dessein meurtrier.
O douleur ! imprimant une tache nouvelle
Sur son front respecté dans cent combats divers,
Il ne se souvient plus qu'aux plaines de la gloire,
Sous les yeux d'un héros, mort, hélas ! dans les fers,
L'amour de son pays lui valut la victoire.
Esclave fastueux des honneurs et des rois,
Se couvrant du manteau de l'honneur militaire,
Raguse arme son bras pour renverser les lois
Et faire triompher le projet sanguinaire
D'un monarque en démence et dont l'aveuglement,
Sous ses pas chancelans creusant un précipice,
Croit qu'un mortel, un roi, peut trahir son serment,
Sans redouter du Ciel l'immuable justice !

Depuis quinze ans courbé sous le joug insultant
Qui lui fut imposé par la ligue étrangère,
Paris se lève enfin, superbe, menaçant,
Comme aux jours de sa gloire, et frémit de colère.
Dans ses murs orgueilleux retentit un seul cri :
« Aux armes, citoyens ! » Des peuples le plus brave
S'apprête à repousser son perfide ennemi :
Il consent à mourir, plutôt que d'être esclave !
Armant son bras vengeur du foudre des combats,
Sur ses fiers oppresseurs, surpris de son courage,
Il court, et dans leurs rangs, rompus par le trépas,
Fait voler la terreur, l'épouvante et la rage.
Tel un lion superbe, au courage indompté,
Qui, brisant ses liens, dans sa fureur sauvage,
Poursuit, en rugissant, l'Arabe épouvanté,
Et sème sur ses pas la peur et le carnage.
O prodige ! guidés par leur seule valeur,
Des soldats-citoyens, qu'aucun danger n'arrête,
Au-devant de la mort courent avec ardeur,
Et de la liberté vont faire la conquête !

De Charles les soldats, un moment ébranlés,
Honteux de leur frayeur, retrempent leur courage :
Ces guerriers valeureux, aux combats destinés,
De leurs feux redoublés redoublent le ravage :
Le plomb vole en tous sens, se croise dans les airs,
Et, de lignes de feu formant un rets perfide
Qui recèle en ses flancs la foudre et les éclairs,
Frappe plus d'un héros de son choc homicide.

Des femmes, des vieillards; des enfans au berceau,
Tremblans pour un époux, pour un fils, pour un père,
Au sein de leurs foyers rencontrent leurs tombeaux,
Et dans d'affreux tourmens achèvent leur misère.
Paris pendant trois jours n'est plus qu'un vaste camp
Où l'on voit s'agiter les fureurs de la guerre;
Ses murs sont désolés, son sol couvert de sang,
Des morts et des mourans jonchent partout la terre.
Des deux parts la valeur, le courage est égal.
Oh! que de traits touchans, que d'actions éclatantes
Se mêlent aux horreurs qu'un esprit infernal
Eclaire, en rugissant, de ses torches sanglantes!....
Mais pourquoi n'ai-je pu couvrir d'un voile épais
Ces funestes combats, ces scènes de carnage,
Où, le fer à la main, Paris vit des Français
Dans le sein des Français se frayer un passage !

Du parjure pourtant les soldats ont fléchi :
Décimés par le fer, épuisés de fatigue,
La Faim, l'horrible Faim, au teint pâle et flétri,
Ajoute encore aux maux que le sort leur prodigue :
Hors des murs de Paris ils vont, en frémissant,
Montrer au roi déchu sa honte et leur défaite :
L'incrédule! il sourit, et croit, à prix d'argent,
Retenir la couronne échappant de sa tête!
Mais, Charles, c'est en vain que tu répands ton or :
Le peuple souverain a repris son empire ;
Fuis, indigne vieillard! il en est temps encor :
Sur un sol étranger va pleurer ton délire!

Paris est libre enfin, et du haut de ses tours
Flotte, victorieux, l'étendard tricolore,
Qui de nos bataillons, dans de plus heureux jours,
Guida les pas hardis du couchant à l'aurore.
O moment solennel! des belliqueux Gaulois
Ranimant dans son sein les libertés vieillies,
Le Franc régénéré va proclamer ses rois,
Et sur ses droits sacrés asseoir des dynasties.
Un instant apparaît à ses yeux éblouis
Le fantôme trompeur qui, des bords de l'Attique,
Naguère transporté dans les murs de Paris,
Revêtu d'un faux nom, s'appela République.
D'un vol libre et hardi sur la place il descend :
Un poignard est caché sous sa robe sanglante,
Son œil est enflammé, son air est menaçant,
Sa voix remplit d'effroi la foule palpitante.
« Du joug des rois, dit-il, demeurez affranchis.
» Que ces cruels tyrans des peuples de la terre
» De votre beau climat soient à jamais bannis :
» Leur funeste pouvoir n'engendre que misère.
» Pour eux vous arrosez le sol de vos sueurs,
» Pour eux vous déployez votre active industrie :
» L'impitoyable impôt, source de vos douleurs,
» Alimente les rois et leur cour asservie.
» Ravisseurs de vos droits, ces superbes mortels,
» Troublés dans leur repos par vos voix gémissantes,
» Vous plongent dans le fond de cachots éternels,
» Ou vous font expirer sous les balles brûlantes.
» Pourquoi vous enchaîner au char sanglant des rois?
» Peuples! connaissez-moi : sous ma terrible égide

» Vous grandirez encor ; et si, comme autrefois,

» Des tyrans se levait le bras liberticide ,

» Qu'ils tremblent ! car, bientôt ébranlés par vos mains,

» Leurs trônes orgueilleux s'en iraient en poussière,

» Et le sceptre absolu, vrai fléau des humains ,

» Cesserait à jamais d'ensanglanter la terre. »

Ce discours séduisant exalte tous les cœurs :

Il rappelle aux Français de brillans jours de gloire,

Héroïques débris de leurs vieilles splendeurs ,

Respectés par les temps, légués par la victoire.

Mille cris enflammés font retentir les airs :

» Oui, mort à tous les rois ! Vive la République ! »

Quand un vieillard, courbé sous le poids des hivers,

S'approche, et d'une voix qui semble prophétique :

« Arrêtez ! arrêtez ! un funeste bandeau

» Obscurcit à vos yeux la route du tombeau.

» Quarante ans de malheurs, de mortelles alarmes ,

» Seraient-ils rachetés par la gloire des armes ?

» De vos pères le sang, à grands flots répandu ,

» Bien plus haut que moi parle, et vous a répondu.

» Ah ! de ces temps affreux connaissez-vous l'histoire ?

» Je gémis d'en souiller votre jeune mémoire.

» L'infortuné Louis, dont les douces vertus

» Promettaient aux Français le règne de Titus,

» Venait, victime, hélas ! d'un meurtre judiciaire,

» Pour s'élancer au ciel, d'abandonner la terre,

» Et déjà les partis, déployant leur fureur,

» Par de sanglans forfaits enfantent la Terreur.

» La Terreur! à ce mot, mon âme épouvantée

» Est prête à défaillir et ma langue est glacée :

» Mille tyrans cruels, de la patrie en deuil

» Font répandre les pleurs et creusent le cercueil.

» Les noirs Soupçons, la Peur, avec ses traits livides,

» Servent d'affreux cortége à ces tribuns stupides.

» Leur sombre politique, en des cachots infects,

» Entasse par milliers de malheureux suspects ;

» Là tout est confondu, la vieillesse et l'enfance,

» Le vice et la vertu, le crime et l'innocence.

» Ministres de la Mort, d'infâmes tribunaux

» Dictent, en souriant, leurs arrêts infernaux :

» L'échafaud, enchaîné sur la place publique,

» Dans un fleuve de sang baigne la République.

» Plus malheureux encor, d'illustres déportés

» Tombent sous les poisons dans Cayenne engendrés.

» Tout fuit pour échapper à la hache homicide,

» Et la mère éperdue et la vierge timide :

» Elles vont implorer, sous des cieux protecteurs,

» L'asile où sans danger pourront couler leurs pleurs.....

» Bientôt des factions les haines délirantes

» Vont même contre Dieu tourner leurs mains sanglantes :

» Ses temples sont détruits, ses marbres mutilés ;

» Jusque dans leurs tombeaux les morts sont insultés.

» Cependant un bourreau, le lâche Robespierre,

» Pour fêter l'Eternel décrète la prière !

» L'hypocrite tribun, d'un peuple malheureux,

» Par un culte imposant, veut éblouir les yeux ;

» Mais l'orage a grondé sur sa coupable tête :

» Encor quelques instans, et le chef de la fête,
» Par la foudre abattu, déchiré par lambeaux,
» Verra dresser pour lui les infamans poteaux. »

A ces mots, le vieillàrd laisse sur sa poitrine
Tomber son front blanchi, de bonheur inondé;
Sur ses genoux tremblans vers la terre il s'incline :
Du poids qui l'oppressait son cœur est délivré.
A cet aspect touchant, la foule est attendrie;
La vérité reluit à ses yeux incertains :
Poursuis, noble vieillard : de ta belle patrie,
Prête à se déchirer, le sort est dans tes mains.

« La Terreur avait fui, dit-il; mais la Famine,
» Sa compagne cruelle, enfant de la Rapine,
» Sur la France étendant son souffle destructeur,
» Engendrait en tous lieux le marasme et l'horreur;
» Nos guerriers valeureux, accablés de misères,
» Succombaient sous les coups des hordes étrangères;
» D'un pouvoir avili les impuissans faisceaux
» Ne pouvaient de l'Etat ranimer les lambeaux :
» Un soldat apparaît resplendissant de gloire,
» Conquérant redouté du faible Directoire;
» Des déserts de l'Egypte il accourt dans Paris,
» Brise la république, écrase les partis,
» Revêt des empereurs la pourpre éblouissante,
» Et d'un sceptre de fer charge sa main puissante.
» Ce héros immortel, vainqueur de tous les rois,
» Remplit le monde entier du bruit de ses exploits;
» Mais vint l'instant fatal où s'enfuit la victoire.....

» De nos tristes revers vous connaissez l'histoire....

» Hélas ! Français, voilà par combien de malheurs

» Il fallut racheter de funestes erreurs.

» Et pourtant je la vis brillante à son aurore,

» La noble liberté que je révère encore !

» Ah ! craignez des essais les perfides poisons :

» Ils cachent dans leur sein la mort des nations.

» Un prince est dans vos murs, que partout on vénère :

» Au monarque parjure il fut toujours contraire.

» Jeune encore, à Jemmape il brilla dans nos rangs :

» L'honneur s'était alors exilé dans les camps. -

» Plus tard, contraint de fuir le sol de la patrie,

» Pour dérober sa tête aux fureurs de l'envie,

» D'Orléans n'alla point, briguant de vils secours,

» Etaler ses revers au sein pompeux des cours :

» Tombé du rang illustre où le mit la fortune,

» Il lutta noblement contre son infortune :

» Saisissant son compas, on vit le fils des rois

» Du cercle démontrer les rigoureuses lois.

» Et quand le Ciel voulut, après tant de misères,

» Rappeler d'Orléans sous le toit de ses pères,

» Des Français, qu'opprimait un orgueilleux vainqueur,

» Son âme généreuse allégea la douleur :

» A son foyer ducal il accueillit la gloire

» Qui d'une cour perfide irritait la mémoire...

» Pendant quinze ans enfin ce prince libéral

» De toutes les vertus orna le sang royal.

» Protecteur éclairé des arts, de l'industrie,

» Son palais resplendit des œuvres du génie.

» La voix du malheureux ne retentit jamais

» Sans avoir de son cœur excité les bienfaits.

» Eh bien! peuple, des droits conquis par ton courage,

» En ce jour solennel, fais le plus noble usage :

» Que par ton bras puissant placé sur le pavois,

» Le prince citoyen soit le meilleur des rois. »

A peine du vieillard la voix noble et touchante

Des Français indécis a dessillé les yeux,

Que d'Orléans paraît, et de la foule ardente

Les acclamations s'élèvent jusqu'aux cieux.

S'arrachant aux douceurs du foyer domestique,

Des jardins de Neuilly, son séjour enchanteur,

Ce prince vient jurer, suivant l'usage antique,

D'être toujours des lois le ferme défenseur.

« Français, dit-il, heureux de mon indépendance,

» Et jouissant en paix, sous le beau ciel de France,

» Des dons que la Fortune a versés dans mes mains,

» Je n'aspirai jamais à de plus hauts destins;

» Cependant le bonheur de ma chère patrie

» De mon cœur fut toujours la plus puissante envie :

» Appelé par vos vœux sur le trône des rois,

» J'y serai le gardien du saint trésor des lois.

» Recevez mon serment : j'y fus toujours sincère,

» Aux tristes jours d'exil, comme au temps plus prospère.

» Oui, Français, désormais au rang des vérités,

» La Charte soutiendra vos nobles libertés. »

Ces mots sont recueillis par une foule immense

Qui fait retentir l'air de ses cris de bonheur.

L'illustre Lafayette en cet instant s'avance,

Et montrant d'Orléans, qu'il presse sur son cœur :

« Braves concitoyens, j'aime la République :

» Mon sang coula pour elle aux plages d'Amérique;

» Et lorsque sa grande ombre, en des jours trop sanglans,

» Apparut sur les bords volcanisés des Francs,

» J'osai guider ses pas à travers les tourmentes

» Qu'enfantaient des partis les rages délirantes.

» Mais sous leurs coups mortels croulant avec fracas,

» Je la vis s'exiler de nos brillans climats.....

» Un trône citoyen, des rois héréditaires,

» Reposant sur la force et les droits populaires,

» Voilà, Français, l'accord savant, harmonieux,

» Qui doit de vos destins régler le cours heureux. »

Le peuple, à ce discours, de son âme éclairée

Laisse jaillir les flots de ses élans d'espoir,

Brise le fer vainqueur dont sa main est armée,

Et revêt d'Orléans du souverain pouvoir.

Peuple sage ! heureux roi ! puisse votre alliance

Sous notre ciel d'azur enchaîner le bónheur !

Puisse-t-elle effacer quarante ans de souffrance,

Et combler sous nos pas les sentiers de l'erreur !

Liberté ! désormais sois propice à la France !

Comme on voit un torrent, sorti du haut des monts,

Dans sa course rapide, image du tonnerre,

Porter au loin l'effroi, ravager les moissons,

Puis, rassemblant ses eaux, s'engloutir sous la terre,

Et bientôt en sortir plus tranquille en son cours :

Captives dans leurs bords, ses ondes bienfaisantes

Au laboureur joyeux apportent leur secours,
Et fondent le bonheur des cités florissantes;
De même, ô Liberté! brûlante à ton berceau,
Par d'horribles fléaux signalant ton passage,
Sous tes pas orageux tu creusas le tombeau
Qui se rouvre aujourd'hui sous la main du courage.
Après trente ans d'exil enfin tu reparais :
Sous les feux éclatans d'un soleil sans nuages,
Ta beauté resplendit, vierge de tout excès,
Et d'un reflet divin colore nos rivages.